Para Daniel Goldin

Primera edición en inglés: 1997
Primera edición en español: 1997

Coordinador de la colección: Daniel Goldin
Traducción de Carmen Esteva
Título original: *Willy the Dreamer*

© 1997, A.E.T. Browne and Partners
Publicado por Walker Books Ltd., Londres
ISBN 0-7445-4972-8

D.R. © 1997, FONDO DE CULTURA ECONÓMICA
Carr. Picacho-Ajusco 227
Col. Bosques del Pedregal, 14200, México, D.F.
ISBN 968-16-5277-0

Tiraje 10 000 ejemplares. Impreso en Italia

WILLY EL SOÑADOR

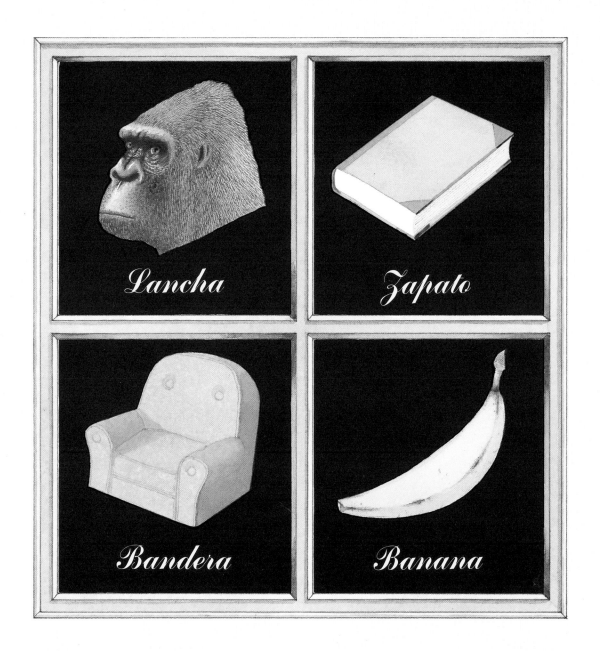

Lancha

Zapato

Bandera

Banana

Anthony Browne

LOS ESPECIALES DE
A la orilla del viento
FONDO DE CULTURA ECONÓMICA
MÉXICO

Willy sueña.

A veces Willy sueña que es una estrella de cine

o un cantante,

un luchador de sumo

o un bailarín de ballet… Willy sueña.

A veces Willy sueña que es un pintor

o un explorador,

un escritor famoso

o un buzo… Willy sueña.

A veces Willy sueña que no puede correr,

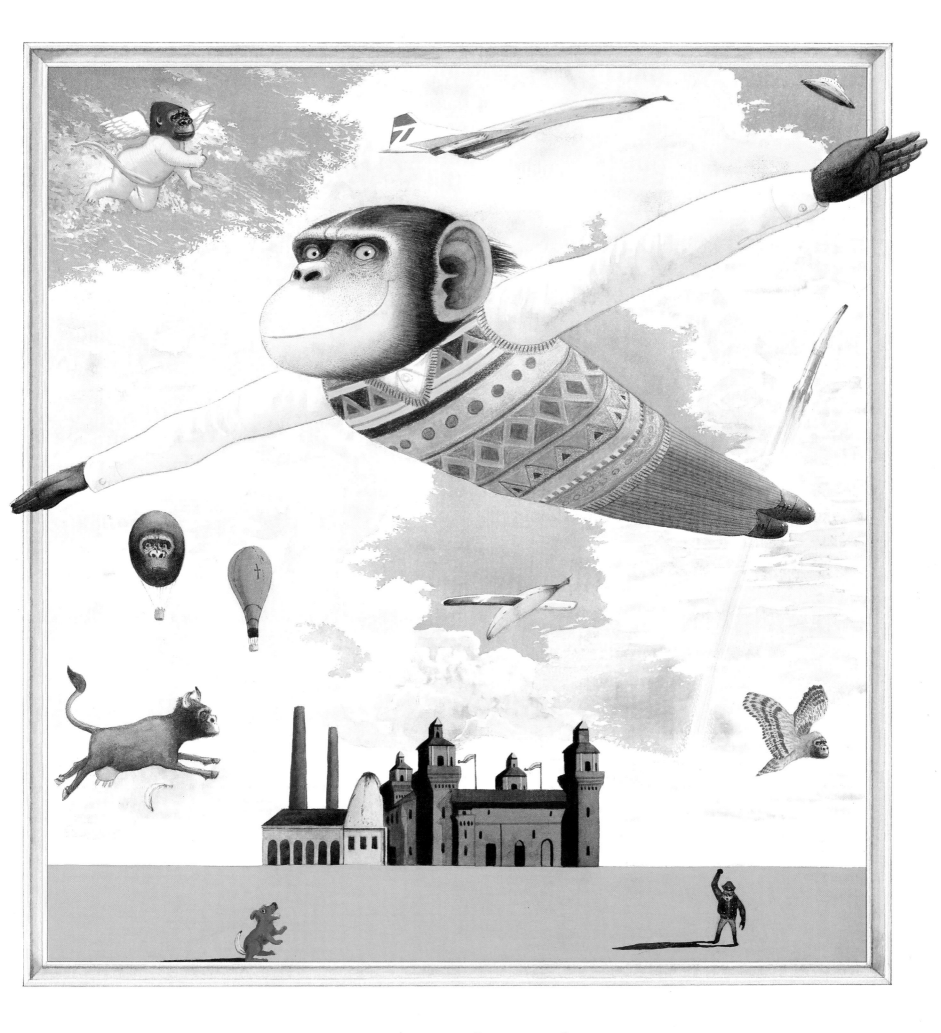

pero puede volar.

Es un gigante

o es pequeñito… Willy sueña.

A veces Willy sueña que es un pordiosero

o un rey.

Que está en un paisaje extraño

o en el mar… Willy sueña.

A veces Willy sueña con monstruos feroces

o con superhéroes.

Sueña con el pasado…

y, otras veces, con el futuro.

Willy sueña.